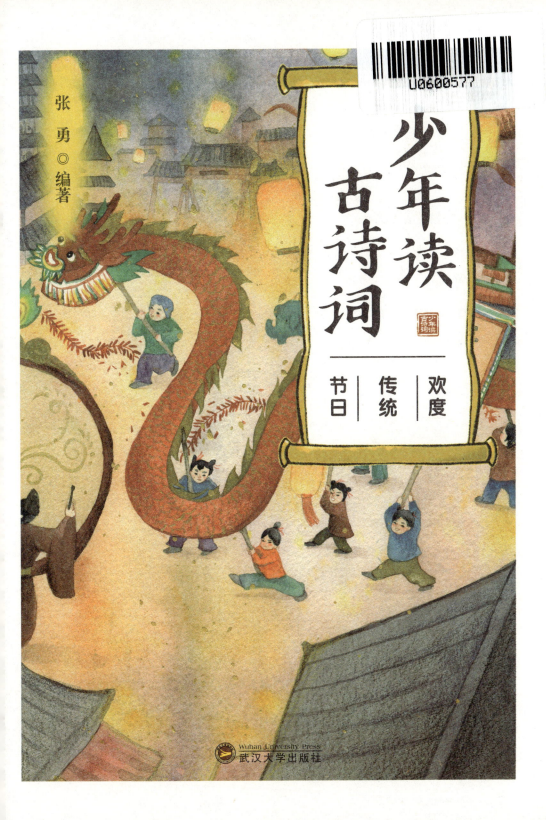

张 勇 ◎ 编著

少年读古诗词

欢度 | 传统 | 节日

Wuhan University Press
武汉大学出版社

图书在版编目（CIP）数据

少年读古诗词.欢度传统节日／张勇编著.—武汉：武汉大学出版社，
2020.6

ISBN 978-7-307-21470-5

Ⅰ.少… Ⅱ.张… Ⅲ.古典诗歌－诗歌欣赏－中国－少儿读物
Ⅳ.I207.2-49

中国版本图书馆 CIP 数据核字（2020）第 073312 号

责任编辑：黄朝昉　牟　丹　　　责任校对：孟令玲　　　版式设计：晴晨时代

出版发行：**武汉大学出版社** （430072　武昌　珞珈山）

（电子邮箱：cbs22@whu.edu.cn 网址：www.wdp.com.cn）

印刷：天津东辰丰彩印刷有限公司

开本：710×1000　1/16　　　印张：9　　　字数：60 千字

版次：2020 年 6 月第 1 版　　2020 年 6 月第 1 次印刷

ISBN 978-7-307-21470-5　　　定价：32.00 元

序

  学生要获得全面优质的发展，就需要在德智体美劳等各方面都花时间下功夫。但是，孩子们没有时间。因为教师和家长对孩子课堂学习成绩的高期望，导致过重的课业负担挤占了孩子们大量的时间。怎么办？提前学还是提高学习效率？或是采取其他方式？

  我们认为应该做到"融合"。在编撰本书时，我们立足于让孩子欣赏最美古诗词，培养孩子优秀的性格品质；同时既能够帮助孩子做好课内的学习，也能做好知识拓展；帮助孩子提高背诵古诗词、赏析古诗词的能力和作文能力，达成应试教育与素质培养两不误。所以，我们编选古诗词的原则是，以部编版中小学课本的古诗词为基础，通过赏析与讲解，让孩子巩固课堂所学，使孩子学有所思，也可以作为提前预习古诗词之用。在此基础上，本书扩充了更多的古诗词。扩充的古诗词都是围绕主题进行编排的，比如，在以传统节日——春节为主题的分类下，选编了王安石的《元日》，又扩充了辛弃疾的《青玉案·元夕》，让孩子在同一个情境下，更深刻地体会古诗词的意境，并积累海量素材，促进写作能力的提高。

少年读古诗词，能使孩子在古诗词中感受奋发向上的人生，铺垫人生底色，积蓄生命力量。

目录

白居易（772—846 年），字乐天，号香山居士，亦号醉吟先生，祖籍山西太原，后迁居下邽（今陕西渭南北）。白居易是唐代极具影响力的现实主义诗人，与元稹共同倡导新乐府运动，世称"元白"，与刘禹锡并称"刘白"。其诗歌题材广泛，形式多样，语言质朴通俗，有"诗王"和"诗魔"之美誉。白居易曾任职杭州，后官至翰林学士、左赞善大夫。公元846年，白居易在洛阳逝世，葬于香山。其代表诗作有《长恨歌》《卖炭翁》《琵琶行》等，另有《白氏长庆集》传世。

三年①除夜（节选）

❖（唐）白居易

晰晰②燎火③光，氲氲④腊酒香。
嗤嗤⑤童稚戏，迢迢⑥岁夜长。
堂上书帐⑦前，长幼合成行。
以我年最长，次第来称觞⑧。

注释

①三年：唐文宗开成三年。

②晰晰：清晰明亮的样子。

③燎火：火炬。

④氲氲：烟雾弥漫的样子，这里指酒菜香气混合弥漫。

⑤嗤嗤：拟声词，儿童嬉戏时嘴里发出的声音。

⑥迢迢：遥远，漫长。

⑦书帐：古时室内悬挂做饰物的帐幕。

⑧称觞：举杯祝寿。

赏析

　　除夕是我们中国的传统节日，在这一天，家家亲人团聚，户户辞旧迎新。你也会在爸爸妈妈贴春联、做美食的时候，给他们打打下手帮帮忙吧！但你知道古代的人们是怎么过除夕的吗？看看唐朝诗人白居易的除夕"小视频"吧。

　　镜头开始就对准了客厅。看看首联吧：明亮的炬烛照得满室生辉，美酒佳肴的香气弥漫整个屋子。镜头里虽没有一个人物出现，但"燎火"是要人点的，"腊酒"是要人摆的，区区两个词"晰晰"（明亮的烛光）和"氲氲"（弥漫的酒菜香），就打开了我们的想象空间，我们眼前仿佛出现了家人们穿梭忙碌的身影，不得不佩服诗人是遣词造句的高手！

　　颔联中人物出场了。不过出场的不是忙碌的大人，而是天真活泼的儿童：孩子们你追我赶嬉戏打闹，嘴里还"嗤嗤"地大呼小叫着，这热闹快乐的场景，要

等上一年才能看到一次，真是漫长啊！

好了，先安静一会儿吧，一年中最隆重的仪式马上要开始啦！颈联把镜头换为广角：桌上丰盛的菜摆好了，醇香的酒斟满了，在装饰一新的客厅里，全家人按照辈分和年龄排成行，在诗人的带领下，开始祭祀祖宗，祈求万代绵长！

最后的尾联，诗人喜不自禁：家里就数"我"年岁最长，孩子们也很懂礼节，一个个依次来举杯祝"我"福寿安康呢！

诗人连用四组叠词，配之于"燎火""腊酒""童稚""岁夜"四个特写，分别从视觉、嗅觉、听觉上，将尊礼重俗、长幼有序、合成行列、礼敬尊长的家庭活动连缀起来，表现出自己安享天伦之乐的愉快心情。

哦，对了，除夕那天，你也给长辈送祝福了吧？

除　日^①

❖（唐）张子容

腊月今知晦^②，流年^③此夕除。
拾樵供岁火^④，帖牖作春书^⑤。
柳觉东风至，花疑小雪余。
忽逢双鲤赠，言是上冰鱼^⑥。

注释

①除日：农历除夕日。

②晦：农历每月的最后一天。

③流年：像水一样流逝的时光。

④岁火：古时除夕，人们都在门口烧旺柴火象征红火，叫岁火，
后成一种习俗。

⑤春书：古人在立春这天往门上粘贴写有诗句的帖子。此处喻指春联。

⑥上冰鱼：跃上冰面的鱼。上，方位词做动词，跃上。

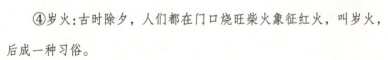

赏析

　　有一句话说：有钱没钱，回家过年。意思是过个丰衣足食的奢华年固然好，但如果没有钱办年货，也一定要把"年"过得其乐融融。唐朝诗人张子容属于后者，我们从他的《除日》诗中可以看出来。

　　首联，诗人起笔感叹：光阴似水，飞流而逝，进了腊月，很快又到一年中的最后一天。这句话从表面看是惜阴，暗地却是伤感于韶华易逝，而自己功名未成。

　　颔联笔锋一转，诗人没有着眼过年的大场景，而是描写个体："我"捡来树枝将炉盆里的火烧得越来越旺，还在门口贴上红红的春联。其中一"拾"一"供"一"帖"一"作"，既让人眼前浮现出一个为过除夕忙来忙去的身影，又表明诗人虽然穷困，但并不潦倒，反而积极热情，对前途充满憧憬和追求，同时也烘托出普天同庆的除夕气氛。

　　颈联仿佛在颔联描写喜庆气氛的基础上意犹未尽，诗人继续浮想联翩：这红火的气氛，让自然万物都感受到春天的气息了，连那枯柳寒梅也觉得春风拂面而来；哎呀，你这纷纷扬扬的小雪，是不是有点多余啦！诗人选取自然界的枯柳、梅花、小雪做映衬，采用互文手法，表达出对新的一年美好生活的期盼与渴望。

　　尾联是全诗的点睛之笔："我"正沉浸于除夕的喜庆之中，忽然朋友送来两条鱼，说是才跃出冰面的鲜鲤。辞旧迎新的时候讲究的是连年有余（鱼），"我"虽然生活拮据，"年夜饭"缺少美食佳肴，但细心的朋友却为"我"想到了这些细节，这珍贵的友情怎不让"我"心潮澎湃啊！

　　情到此处，我们不由为诗人以苦为乐、豁达向上的心态所感染，可以想象，诗人的那个除夕一定过得非常愉快、温馨！

陆　游（1125—1210 年），字务观，号放翁，越州山阴（今浙江省绍兴市）人，南宋文学家、史学家、爱国诗人。陆游自幼好学，12 岁就能创作诗文，20 岁与唐琬成亲，甚是恩爱。后两人被陆母强行拆散，唐琬早逝，陆游更为伤痛。他的名作《钗头凤》《沈园》即是为唐琬而作。再后陆游为官，饱经战乱，力主抗金，先后两次遭到罢官。此后，陆游长期蛰居家乡农村，于公元 1210 年 1 月辞世。陆游一生创作诗歌 9000 多首，内容极为丰富，著有《剑南诗稿》《南唐书》《渭南文集》《老学庵笔记》等作品。

除夜雪

❖（宋）陆　游

北风吹雪四更①初，
嘉②瑞③天教④及岁除⑤。
半盏屠苏⑥犹未举，
灯前小草写桃符⑦。

注释

①四更：凌晨一点到三点之间。

②嘉：好。

③瑞：瑞雪。

④天教：上天的赐予。

⑤岁除：一年的最后一天，除夕。

⑥屠苏：酒名，此处代指美酒。

⑦桃符：本指挂在门边用于辟邪的桃木板或纸，这里借指春联。

赏析

　　古代有个说法叫"衣食父母"，就是说我们吃的穿的都是父母给予的。后来把供养自己的人也称作"衣食父母"，譬如从古到今很多官员把耕田犁地种粮食的老百姓视为衣食父母。宋朝的官员陆游就是这样一个人。他把老百姓的事当作自己家人的事，老百姓的喜怒哀乐都挂在他心上，就连大年夜下不下雪都影响他过年的心情。这是为什么呢？我们来一探究竟。

　　诗的第一句大意是：快到四更天时，北风吹来一场大雪。这句话表面点明了下雪时间是"四更初"，却又暗含一种喜悦：瑞雪啊瑞雪，虽说你来得有点迟，但总算把你给盼来了，可把我们给等坏啦！

　　所以第二句跟着就道出了人们对上天顺乎民意感到格外高兴的喜悦心情：你这姗姗而来的瑞雪，就是上天在除夕之夜赐给我们的最好礼物呀！你知道我们为什么守岁吗？我们守的就是你，守的就是希望啊！你的到来，就预示着明年又是一个丰收年呢！

　　诗人高兴的心情意犹未尽，第三、四句继续展现：

大家先别忙着举起美酒欢庆瑞雪的降临吧，来，来，来，赶紧挑灯研墨，让"我"写就一副春联，赶紧贴在门上，迎接一个心情愉快的新年吧！

你瞧，一场瑞雪对于劳动人民来说是多么重要，对于陆游是多么重要！没有瑞雪的到来，第二年的收成就没底气，老百姓连贴春联过新年的心思都没有了，一旦盼来瑞雪，大家是多么欣喜若狂啊！

欢度 传统节日

春 节

元 日①

❖（宋）王安石

爆竹②声中一岁除③，
春风送暖入屠苏。
千门万户④曈曈⑤日，
总把新桃换旧符。

注释

①元日：新年第一天。这里指农历正月初一，即春节。

②爆竹：古时人们在过年时，烧竹节使之爆裂发出响声用来驱鬼避邪，故称爆竹，后来演变成放鞭炮。

③一岁除：一年已经过去。除，逝去。

④千门万户：形容门户众多，人口稠密。

⑤曈曈：初升的太阳明亮而温暖的样子。

传统节日
欢度

赏析

　　过新年是我们每个小朋友最企盼的事。贴春联、穿新衣、放鞭炮、收红包，别提有多喜庆啦！古代的新年第一天，人们是怎样过的呢？

　　瞧吧：几个小孩身穿新衣，头戴新帽，脚蹬新鞋，聚在一起，把手中的爆竹在地上放稳，然后迅速后退，远远地看着。其中一个胆大的小孩儿，一手捂着耳朵，一手捏着一根长棍，长棍顶端是燃着的火捻。只见他慢慢俯下上半身，小心翼翼地去点燃爆竹，由于紧张，几次也没点燃。但每点一次，都引得旁边的小伙伴紧张地捂着耳朵，生怕一不小心，那点燃的爆竹就飞到自己身上！"砰——啪！"爆竹终于点燃了，"嗖"地直冲半空，小伙伴们呜哩哇啦欢呼起来！在噼里啪啦的鞭炮声中，大人们互相说着祝福语、吉祥话。家家屋顶上飘出了饭菜酒香，随着春风飘出很远。人们脸上洋溢着笑容，开怀举杯，畅饮美酒！初升的太阳照耀着千家万户，人们纷纷在门边贴上新对联。

　　王安石不愧是"唐宋八大家"之一，是写景抒情的高手。通过他的诗句我们仿佛看到，诗人徜徉在春风里，边走边看，随口道来。"春风送暖"，充满生机；"曈曈日"照着"千门万户"，多么通俗的语句，多么自然的情景！但就是这通俗自然的即景之作，不仅让人从中感受到春天的生机，而且蕴含了新的希望！不是吗？这初升的太阳，带给人们的是一片光明，更预示着新生活的开始！特别是"总把新桃换旧符"，暗示了诗人坚信：将来的生活总是比过去要好。

　　古人尚且如此，如今的我们生活更丰富，日子更美好，春节期间一定有很多精彩事儿萦绕在你们的脑海里吧，就让我们牵动思绪，去回忆一下这存在脑海中的记忆吧！

拜 年

❖（明）文征明

不求见面唯通谒①，
名纸朝来满敝②庐。
我亦随人投数纸，
世情嫌简③不嫌虚④。

注释

①谒：名帖。

②敝：用于与自己有关的事物。

③简：这里是省掉、略去的意思。

④虚：有不实在、虚套之意。

赏析

相信很多人都有拜年的经历吧。

拜年是我们中国人最看重的一种礼仪。春节期间，我们跟随爸爸妈妈去探望爷爷奶奶、外公外婆等有血缘关系的长辈，给他们送祝福，和他们叙亲情，当然最高兴的还是长辈给我们压岁钱啦。

除了亲人之间登门拜年外，人们还会用电话、短信、微信等方式给朋友、同学、同事拜年。随着时代的发展，拜年也在不断增添新的内容和形式。

其实，利用通信工具拜年并不是现在的专利，早在宋代，这一形式就有了。最早流行的是送"飞帖"，发明者是那些朝廷要员。因为官员交际很广，如果四处登门拜年，既费时间，也费精力，于是就用竹木削成条（因为那个时候还没有纸），写上贺词，派仆人送给朋友或同僚代为拜年。到了明代，这一形式更有改进。明代画家、书法家、文学家文征明在诗中就有记述。

"不求见面唯通谒，名纸朝来满敝庐。"这句话是说，朋友之间拜年不一定都希望面见，都希望通过拜帖来问候，从早上到现在"我"屋中已经堆满了各种名贵的拜帖了。

"我亦随人投数纸，世情嫌简不嫌虚。"意思是说，

"我"也跟着潮流学吧，用投拜帖这种方式拜年，人们只会认为简易，而不会认为这是空虚礼节。

你看，这里的"谒"和"名纸"就是现在贺年卡的起源。明朝就逐渐发展以"投谒"代为拜年啦。特别是现在，人们的时间都非常紧，春节有限的几天假日，大家图的是和家人团聚、享受天伦之乐，一个信息祝福，或者交换"名片"，既礼貌地表达了心意，又雅致大方，还节约了时间。今年你准备采取什么方式和你的好朋友互相拜年呢？

少年读古诗词

人日①思归

❖（隋）薛道衡

入春②才七日，
离家已二年。
人归③落④雁后，
思发⑤在花⑥前。

注释

①人日：古代相传农历正月初一为鸡日，
初二为狗日，初三为猪日，初四为羊日，
初五为牛日，初六为马日，初七为人日。

②入春：古人把春节这天当成春天的开
始，所以春节这天称"入春"。

③归：归来，回家。

④落：遗留在后面。

⑤发：出发，上路。

⑥花：名词做动词，开花。

赏析

　　细心的你一看这首诗的题目就会说，薛道衡写这首诗的时候不是在家过的年呀！对极了，如果薛道衡在家过年，他也不会在春节的第七天就盼着回家啦！

　　薛道衡是谁呢？听我道来：薛道衡是隋朝的一个官员，很有才华，隋文帝杨坚非常器重他。隋文帝统一北朝后，南朝的陈国比较强大，隋文帝就派薛道衡出使陈国，可能是去劝降吧。这首诗就是薛道衡在出使陈国期间写的。

　　也许薛道衡出使陈国的时间是在年末，也许薛道衡到陈国后陈后主故意不见他，反正在这首诗里我们知道薛道衡出使陈国的时间是在年前，并且还在陈国过了年。不相信？有诗为证："入春才七日，离家已二年。"为什么说"离家已二年"呢？有副春联是这样说的，"一夜连双岁，五更分二年"，意思是大年夜之前的一天还属于前一年，过了大年夜就算是第二年了。所以从薛道衡的前两句诗里我们可以这么下结论：春节刚过的第七天，薛道衡就接到通知，陈后主要召见他。这可把薛道衡给乐坏了，于是提笔就有了这两句诗，意思是说，正月初七您就接见"我"，"我"已经在这儿等了两年啦！

薛道衡明明出使陈国没有多久，但他却用夸张的手法，把等待陈后主接见的时间写得很漫长。明的是告诉陈后主：从到你们陈国那天起，"我"就有了在春天开花之前完成任务然后回家的想法，可现在大雁都从南方飞回北方了，花儿也谢了，可"我"回去的愿望却还没有实现，"我"想念"我"的家人都想疯了！实际上暗含弦外之音："我"为什么要急于回家呢？是因为在被我们统一了的北方，有"我"朝思暮想的家乡呀！现在大雁都离开这里向北飞去了，你还等什么呢？快归顺我们隋朝吧！

抛开政治因素不说，薛道衡寓情于景，情景交融，写出远在他乡的游子在新春佳节渴望回家与亲人团聚的心理，也算是别具一格了。

元宵节

上元①竹枝词②

❖（清）符　曾

桂花香馅裹③胡桃，
江米如珠井水淘。
见说马家④滴粉好，
试灯风里卖元宵。

注释

①上元：上元节，也称元宵节。

②竹枝词：最早是巴蜀民歌，后来唐代刘禹锡把它变成一种诗体，仍冠以"竹枝词"，以吟咏风土为主要特点。

③裹：动词，用……包起来或缠绕起来。

④马家：指当时鼎鼎大名的"马家元宵"创始人马思远。

赏析

　　你们一定见过汤圆，因为汤圆作为中国的传统小吃，已经被很多地方的人们所接受。汤圆又称"元宵"，它是以糯米粉为主要食材，伴之以馅料的球状食品。当然汤圆也可以不带馅，煮熟带汤食用。

　　汤圆的历史十分悠久。传说中，汤圆的起源可以追溯到宋朝。在当时的明州（现浙江省宁波市）突然兴起了一股食用汤圆的风气，小小的汤圆在当时是一种新奇食品，其制作方法是用黑芝麻、猪油做馅，再在馅中加入少许白砂糖，再用糯米粉裹住，用手包、搓成圆形。煮熟后，直接食用，或连汤带水一并食用，异常美味。随着时间的推移，人们不断更换自己喜爱的馅料，如豆沙、葡萄干什么的。但外面的主食材糯米粉一直没换。因为这种糯米汤圆煮在锅里又浮又沉，所以它最早叫"浮元子"，后来有的地方叫它"汤圆"或"元宵"。汤圆象征合家团圆更美好，吃汤圆意味新的一年合家幸福、团团圆圆，所以汤圆是正月十五元宵节的必备美食。在南方某些地区，人们在春节的

时候也会吃汤圆，而不是吃饺子。

清朝诗人符曾的家乡钱塘是汤圆的起源地。他就生动地记述了他家乡的这一特色小吃：

香甜的桂花馅料里裹着核桃仁，像珍珠一样的江米已经用井水淘洗过了。听说马思远家的滴粉元宵很有名，"我"慕名而去。远远地看见他已经出摊，开始就着试灯的光亮，在风里叫卖了。

你看，符曾把他家乡的风味特色小吃写得如在眼前，让人馋涎欲滴。你的家乡一定也有特色美味小吃，也来跟大家介绍介绍吧！

辛弃疾（1140—1207年），原字坦夫，后改字幼安，号稼轩，山东济南府（今山东省济南市历城区）人。辛弃疾生于金国，青年时参与耿京起义，力主抗金。由于他跟当政的主和派有政见之争，因此屡遭劾奏，最终，辛弃疾不得不退隐山居。开禧三年（1207年），辛弃疾抱憾病逝，时年68岁。辛弃疾是南宋豪放派词人，与苏轼并称"苏辛"，与李清照合称"济南二安"。其词风格豪放，善化用典故，抒复国统一之情，诉壮志难酬之愤，也有不少吟咏河山之作。辛弃疾的词作现存于世的有六百多首，有词集《稼轩长短句》等作品传世。

青玉案①·元夕②（节选）

❖（宋）辛弃疾

东风③夜放花千树④。更吹落、星如雨⑤。宝马雕车⑥香⑦满路。凤箫⑧声动，玉壶⑨光转，一夜鱼龙舞⑩。

注释

①青玉案：词牌名。

②元夕：农历正月十五日元宵节的晚上。

③东风：春风。

④花千树：花灯多得就像千种花树。

⑤星如雨：指焰火乱落如下雨般密集。星，指烟花、焰火。

⑥宝马雕车：豪华的马车。

⑦香：女子身上的胭脂香气。

⑧凤箫：乐器箫的美称。

⑨玉壶：比喻明月，这里指灯光。

⑩鱼龙舞：指鱼形、龙形的彩灯飞舞。

赏析

　　古时的春节，过完正月十五才算过完。而且，正月十五这一天在人们心目中，喜庆气氛不比新年第一天差，尤其是在宋朝，非常热闹。

　　这首词描写的元宵节场景，是在南宋临安的一个街道。词人辛弃疾从抗金前线回来，难得陪家人过一个元宵节。辛弃疾的创作风格本来是非常豪放雄健的，但这首词却一反辛弃疾的词风常态，展现出一种委婉含蓄之风。

　　让我们来细细欣赏一下这元宵盛景吧：词人起笔就把我们带进一个"火树银花"的氛围：一边是"花千树"，一边是"星如雨"，两种景象静动结合，更突出了节日的热闹非凡；这繁华美景吸引了平时深藏闺阁的女眷们也出门观灯，"宝马雕车香满路"和后面的"鱼龙舞"结合起来，烘托出一个万民齐欢的场景；"凤箫"泛指音乐，"玉壶"泛指光影。月色之下，灯火辉煌，男女老幼，游人如织，通宵达旦，载歌载舞，万千景象，如在眼前。整个场景调动了声、色、光、形的多维感官，使人眼前出现一幅歌舞升平、万人空巷的花灯图。想想看，满城烟花灯火，像被春风吹开的千树繁花，光芒四射，乱落如雨。明月花灯，光影交错，鱼龙灯舞，笑语喧哗。这应该是多么昌盛的繁荣景象啊！

　　古人正月十五热闹如此，现在的元宵佳节更是不夜天，踩高跷、猜灯谜、逛庙会、唱大戏，丰富多彩，美不胜收。你家乡的元宵节热闹吗？下一个元宵节，你不妨穿上一身善财童子花衣，戴上一个大头娃娃面具，拉起爸爸妈妈的手，做一次全家参与的游戏吧……

春社

社　日①

❖（唐）王　驾

鹅湖山下稻粱肥②，
豚栅鸡栖半掩扉。
桑柘③影斜春社散，
家家扶得醉人归。

注释

①社日：古时祭祀土地神的日子。有的地方分春秋两祭，称为春社和秋社。

②肥：本指动物膘肥体壮，这里比喻庄稼长势茂盛。

③桑柘：桑树和柘树。

赏析

　　古时的中国，是一个男耕女织的农业大国。人们把赖以生存的土地看得特别神圣，所以在春秋两季分别选定一天，聚在一起祭祀土地神，祈求万物生长茂盛、丰衣足食。这一天就叫作"社日"。

　　晚唐诗人王驾，对田园农家的生活很是向往，终于有一天他来到了鹅湖。让我们伴随王老先生，一起到农家探访一番吧。

　　一到鹅湖山下，王老先生就发现了田园之美。顺着他的视线看吧：诗的开头两句，诗人没有描绘房屋树木的风光，而是把眼光落在稻梁上。一个"肥"字，不仅让长势喜人的稻谷如在眼前，而且将农人们丰收在望的喜悦情态也跃然纸上。令人叫绝的是，猪鸡该说"肥"时不说"肥"，却说猪圈门鸡笼门半掩不关，庄稼该说"茂盛"而不说"茂盛"却说"肥"，这看上去不通情理，但仔细想想却是另有深意：为什么家家户户不关畜禽门？因为每家猪鸡都饱和了，还用得着关门防盗吗？同时，家家猪满圈户户鸡成群，不也

说明丰收了吗？

庄稼长得非常茂盛，家家户户猪满圈、鸡成群，不见一人，却也不怕被盗，所以不关门。天色已晚，树影拉长，乡间路上，全是你搀我扶、喝得醉醺醺回家的人。这是一次什么样的聚会呀？竟然全村老幼全部参加，而且男人们大醉而归？哦，对了，王老先生说得明白着呢：这一天是社日！

诗的三、四两句，就像人的眼睛的余光，不经意就扫到那些醉酒散席的身影。一个"醉"字，将农人们兴高采烈在社宴上开怀畅饮的欣喜之态表现得淋漓尽致。正是因为有了上文的"肥"，才有这后文的"醉"呀。可以说，"肥"的是收成，"醉"的是人心！一个"醉"字完全烘托出了社日祭祀的盛况，还需要不厌其烦地去描写聚会的场景吗？

呵呵，这才是名副其实的田园风光农家乐呀！选一个风和日丽的日子，约上你们的爸爸妈妈，也到农家田园去走一趟吧！

春社四首（其二）

❖（宋）陆　游

社肉如林社酒浓，
乡邻罗拜①祝年丰。
太平气象吾能说，
尽在冬冬社鼓中。

注释

①罗拜：指围绕着下拜。

赏析

　　通过读前面王驾的《社日》，你们对"社"肯定不陌生了。通俗地说，"社"就是农民们利用祭祀土地神的机会举办的庆祝会。庆祝会期间主要有祭社神、吃社饭、分社肉、饮社酒、看社戏等活动。祭社神就

是拜祭土地神，向土地神祈求风调雨顺、五谷丰登；社饭、社酒、社肉指拜祭土地神的饭、酒和肉，祭社神后逐家分社饭、社肉，聚众饮社酒。据说吃社饭能保身体健康，分到社肉是神的恩赐，而饮社酒能防治耳聋；看社戏就是观看庆祝会期间表演的文娱活动。当然这些都是古代老百姓们淳朴美好的愿望，并不是在搞迷信活动。

陆游是一个忧国忧民的官员。他始终把老百姓的疾苦放在心上，始终和老百姓心连心，对老百姓的生活十分了解。来看看陆游笔下的春社是什么样的情景吧！

祭祀的庆祝会上，悬挂着的肉就像树林一样密密麻麻，祭祀的酒香飘十里。乡亲们围着土地神像虔诚地叩拜，希望再像去年一样拥有一个丰收年！

这风调雨顺、安居乐业的太平景象"我"可以随口道来，但却怎么说也说不完，你只要听那咚咚响的鼓声，就可以领略到老百姓的喜悦心情和他们的幸福生活了。

陆游有多首诗描述春社时饮社酒共醉的场景，他以《春社》为题，一共写了四首。除了这首之外，还有：
"桑眼初开麦正青，勃姑声里雨冥冥。今朝有喜君知
否，到处人家醉不醒。"另外，他的《代邻家子作》：
"社日淋漓酒满衣，黄鸡正嫩白鹅肥。弟兄相顾无涯
喜，扶得吾翁烂醉归。"《社肉》："社日取社猪，燔
炙香满村。饥鸦集街树，老巫立庙门。虽无牲牢盛，
古礼亦略存。醉归怀余肉，沾遗偏诸孙。"都是描写
老百姓社日欢乐幸福的景象，同时也展现了诗人心
目中江南农村富庶、兴旺的理想生活。

欢度 传统节日

二月二

二月二日

❖（唐）白居易

二月二日新雨晴，
草芽菜甲①一时生。
轻衫②细马③春年少④，
十字津⑤头一字行。

注释

①菜甲：即菜荚。

②轻衫：轻薄的衣衫。

③细马：矫健的骏马。

④春年少：洋溢着青春气息的少年郎。

⑤津：渡口，岸边。

赏析

农历二月初二又叫"龙抬头日",也称"春龙节"。大约从唐朝开始,民间传说农历二月二这一天,龙从沉睡中抬头,将飞上天空开始行云布雨的工作。从这一天起,蛰伏的万物也都从冬眠中醒来,农事活动也开始了。其实,从节气上说,农历二月二往往与"惊蛰"节气重合,而"惊蛰"正处于"雨水"和"春分"之间,这时候我国很多地方已开始进入雨季。这是自然规律,但古人却认为是龙的功劳。所以,龙的形象在老百姓心目中是非常神圣的,于是便有了"二月二,龙抬头"之说。

既然春回大地,人们的心情一定很舒畅了。白居易就被这一天的美景所陶醉。看吧:

二月二这天,雨后方晴,田野里的小草和田畦里的菜芽,都在这春雨的滋润下不停地生长着。一群身穿轻薄衣衫的年轻人,正牵着矫健的骏马在渡口岸边一字摆开,慢慢地等着上船,准备到对岸去欣赏原野的景色。

　　读完这首诗，我们的思绪仿佛被拉回到早春二月：我们悄然褪去寒衣，迎面吹来的风，那乍暖还寒的温度，唤醒了体内沉睡的青春细胞。被风撩起的发梢，飘荡起我们的梦想，操场上富有弹性的橡胶跑道，舒缓了教室里学习的疲劳。早春二月天气回暖，奋发向上，阳光正好！

　　又一个龙抬头的日子即将到来，作为肩负兴国重任的我们，就是一条条灵活矫健的飞龙，时刻等着一飞冲天呢！你准备好了吗？

二月二日遂宁①北郭②迎富

❖（宋）魏了翁

才过结柳送贫③日，又见簪花④迎富时。
谁为贫躯竟难逐，素为富逼岂容辞。
贫如易去人所欲，富若可求我亦为。
里俗⑤相传今已久，谩随人意看儿嬉。

注释

①遂宁：今四川省地级市，因东晋大将桓温平蜀后，寓意"平息战乱，遂得安宁"而得名。

②北郭：城北面的郊区。郭，古代城墙分内城和外城，内城为城，外城为郭。

③送贫：古人把阴历正月初五定为"送穷日"，民间的一种风俗。

④簪花：古时富贵人家插于头上的首饰。

⑤里俗：习俗。

　　你们知道吗？从古代到现在，农历二月有很多节日。其中二月二除了是"龙抬头"的好日子，是踏青郊游的好日子，早在秦朝的时候，人们还赋予了它另外的意义——迎富日。根据明朝人谢肇淛的《五杂俎》记载："秦俗以二月二日，携鼓乐郊外，朝往暮回，谓之迎富……"我们每个人都希望创造财富，都希望富有，古人也是这样。为什么迎富日定在二月二呢？相传有户人家生了个孩子，送给邻居家帮助抚养，邻家从此大富。这家人见了，又将孩子要了回来，果然也发财了。而要回孩子这天正好是二月初二，后来人们便把这一天称为"迎富日"。再到后来，人们规定这一天要吃"迎富贵果子"，就是吃一些点心类食品。这一习俗到宋代仍然盛行。宋朝的魏了翁在诗歌中记述了这一习俗。

　　正月晦日送穷的日子刚刚过去，又到了戴着花迎富的时候。因为"穷神"难以驱逐，许多人已对"送穷"没了兴趣；可一向渴求富裕的人又怎能回避"迎富"

的风俗呢？贫困若是容易除去人人都想除，富贵若可以求得那"我"也去求。不过这些都是传之久远的风俗而已，"我"只是随大流去看看热闹罢了，并不会刻意去追求的。

看，诗人的性格就是这么豁达，我们不妨也学一学他：奋斗的目标明确了，还要看所定的目标是否符合实践规律。如果追求的目标过于空洞遥远、难于实现，还不如先做好眼下的事情，步步为营，逐步实现呢！

花朝节

次韵^①野水^②花朝^③之集（节选）

❖（宋）朱继芳

睡^④起名园百舌娇，
一年春事说今朝。
秋千庭院红三径，
舴艋池塘绿半腰。

注释

①次韵：古体诗词写作的一种方式，即按照原诗的韵和韵的次序来和诗。也叫步韵。

②野水：野外非经人工开凿的天然水流。

③花朝：即花朝节，俗称百花生日。

④睡：睡香花。

赏析

　　要想读懂这首诗，我得先给大家讲一个故事：传说唐朝天宝年间，有一个姓崔的人爱花如命，天下闻名。在一个乍暖还寒的二月天，百花仙子托梦给他，说她想带领百花众神降落在他园中的花树上，开放迎春。可因为有些花的花期未到，提前开放有违时令，风神就准备在二月十二日对这些花儿进行阻挠，所以请崔公子帮忙渡过难关。崔公子就按照百花仙子所嘱，准备了许多彩色的锦帛，上面画满了日月星辰，并把这些锦帛覆盖在花枝上。二月十二日黎明时分果然狂风大作，但树枝上的花朵有锦帛保护，一朵也没被吹落。因为护花的时间是二月十二日早上，所以这一天被称为"花朝节"。

　　《次韵野水花朝之集》就是南宋诗人朱继芳记录的他所见到的花朝节的一首七言律诗。

　　乍暖还寒的二月天，一些有名气的花园里栽满了名贵的睡香花，其他的花儿也显得千娇百媚。一年之中花事最浓的，还要数现在这个时候。看吧，花园里

的小路上，铺满了被荡秋千的女孩子们摇落的花瓣；池塘里的水面上，舴艋小船也被碧绿的池水映绿了半个船身。

从朱继芳的诗里我们可以看出当时的南宋对花朝节是多么重视。因为早在武则天执政时期，由于武则天嗜花成癖，每到夏历二月花朝节这一天，她总要令宫女采集百花，和米一起捣碎，蒸制成糕，用花糕来赏赐群臣。上行下效，从官府到民间就开始流行花朝节活动。而从北宋开始，花朝节的习俗逐渐扩大到民间的各个阶层。到南宋时期，节日期间，人们结伴到郊外游览赏花，称为"踏青"，姑娘们剪五色彩纸粘在花枝上，称为"赏红"。可以说，早春二月，已经到处是花红柳绿、游人如织了。

上巳节

和①春深②二十首（其十五）

❖（唐）白居易

何处春深好，春深上巳家。
兰亭③席上酒，曲洛④岸边花。
弄水游童⑤棹⑥，湔裾⑦小妇⑧车。
齐桡⑨争渡处，一匹锦标斜。

注释

①和：应和，附和。

②春深：春意浓郁。

③兰亭：位于浙江省绍兴市西南。史载，公元353年（东晋永和九年）三月三，王羲之邀谢安、孙绰等名流及亲朋40余人，在水边宴饮，引水环曲成渠，曰"曲水"，然后将酒杯浮于水面随波逐流，当酒杯流到谁面前，谁就可以取过一饮而尽，然后吟诗作赋为乐，因此也叫"曲水流觞"。在这次修禊集会上，王羲之"微醉之中，振笔直遂"，写下了

著名的《兰亭集序》，全文28行，共324字，凡字有重复者，皆变化不一，精彩绝伦。此亭亦为中外游人所瞩目。

④曲洛：即洛河。发源于陕西省渭南市西南，流经陕西省东南部及河南省西北部，在河南省巩义市注入黄河。洛河与黄河交汇的地区被称为"河洛地区"，是华夏文明的发祥地，河洛文化被称为中华民族的根文化。

⑤游童：游玩的童子。

⑥棹：划船的一种工具，形状和桨差不多。

⑦湔裙：用水冲洗裙裾。湔：水流前锋。引申为用新水冲洗身子。裾，衣服的前后襟。

⑧小妇：这里指小女孩儿。

⑨齐桡：一起划动船楫。齐，一起、同时。桡，船楫。

赏析

　　三月三，正是草长莺飞的好时节。人们经历了冬天寒冷的裹挟，再次迎来了阳光明媚的暖日，纷纷走出家门，到山光水色的大自然中去舒展筋骨，去陶冶情操。中唐诗人白居易也趁着这大好春光，到处游览观光，并且每到一处就写诗一首，用来记录欣赏的美景和心情，一路游下来，竟写了20首。我们也跟着

他到处转转吧：

朋友们啊，你们知道什么时候的春光最明媚吗？回答不出来吧。"我"来告诉你吧：春意最浓的就是三月三这一天啊！这一天，就连王羲之这样的文人雅士也置酒兰亭，曲水流觞，尽情享乐；老百姓更是聚集洛河，高兴地用河水沐浴，希望洗去病灾霉运，迎来富贵生活，大家一边沐浴，一边欣赏着岸边美丽的花朵。更有意思的是，那些小男孩儿亲自抄起桨棹划船弄水，小女孩儿也纷纷从香车上跳下来，在近岸蹚着水，用清澈的河水冲洗着自己的裙裾。看吧看吧，最热闹的，莫过于河面上那一只只小船，只见所有的胳臂同时挥动，所有的桨桡同时划过水面，所有的小船你不让我、我不让你，你追我赶、齐头并进。只有那一只小船，它挂着醒目的锦缎标志，遥遥领先，引人注目！

你看，白居易所看到的三月三，场景是多么热闹啊。他笔下的春色，动感十足，平实易懂的语言，信手拈来，就在信步游玩的不经意间，把对春天的热爱表现得酣畅淋漓，而且情趣盎然！

三月三日申王园亭宴集

❖（唐）张九龄

稽亭追往事，睢苑^①胜前闻。

飞阁^②凌芳树，华池^③落彩云。

藉草人留酌，衔花鸟赴群。

向来同赏处，唯恨碧林曛^④。

注释

①睢苑：西汉梁孝王刘武所造的园林。

②飞阁：古代宫殿楼阁间的跨通道。

③华池：地名。

④曛：昏暗。

赏析

农历三月初三是上巳节。这个节日对于今天的我们来说并不是什么盛大的节日，可在唐朝它却是最隆重的节日之一。人们在上巳节这一天，无论男女老少，都会穿着漂漂亮亮的衣服，从家里走出来，去外面踏青，坐在溪水边饮酒，等等。

本诗写的就是上巳节这一天的景象。让我们来看看诗人这一天都做了些什么吧。

诗的前两句，诗人连写了"稽亭""睢苑"这两个地点，又用"追往事"和"胜前闻"告诉我们古人在上巳节这一天过得也是热热闹闹的。写完了古人，接着他写了飞阁和华池。飞阁上有着许许多多十分好看的树，华池上落满了彩色的云朵，这可真漂亮啊。有了这些美景相伴，自然也少不了有朋友相伴，第五句中的"留酌"，就是留下喝酒的意思，诗人与朋友边饮酒边赏着美景，可真快活啊。第六句运用了夸张的修辞手法，就连天上的小鸟嘴里都衔着花来了。欣赏着美景，身边有好朋友说说笑笑，还有天上的小鸟

为他们唱着欢快的歌，这个节过得可真棒。可是欢乐的时光总是很短暂的，诗人最后两句写天马上要黑了，节就要过完了。最后一句诗中的"恨"字，就活灵活现又恰到好处地表现出了诗人恋恋不舍的心情。

　　读完了这首诗，你是不是也想穿越到唐朝和诗人一起过这个节日呢？哈哈，穿越是不可能的，不过到了上巳节这天，你可以让爸爸妈妈带你出去踏踏青，顺便再吃一顿野餐。既锻炼了身体，又多了与家人相处的时光，这也是一件很幸福的事情呀！

寒　食①

❖（唐）韩　翃

春城②无处不飞花，
寒食东风御柳③斜。
日暮汉宫传蜡烛④，
轻烟散入五侯⑤家。

注释

①寒食：寒食节，清明节前一两天。这天禁烟火，
吃冷食，故称寒食。

②春城：晚春时节的长安城。

③御柳：皇宫里的柳树。

④汉宫传蜡烛：借用东汉成帝典故，讽刺中唐
宦官败坏朝政。寒食节这天本是天下禁火，但皇帝却冒

天下之不疑恩赐宠臣燃烛。

　　⑤五侯：本指汉成帝把王皇后的五个兄弟都封为侯，这里借指天子宠信之臣。

赏析

　　寒食节是我国古代的一个传统节日。相传，晋文公未登基之前，为躲祸乱，流亡他国长达 19 年，大臣介子推始终追随左右，甚至在晋文公断粮饿昏的时候，割自己的大腿肉让晋文公吃。晋文公即位后，介子推拒绝为官，与母亲归隐绵山。晋文公为了迫其出山相见，下令放火烧山，介子推坚决不出，最终被烧死。晋文公感念忠臣之志，下令在介子推死难之日禁火寒食，以寄哀思，这就是"寒食节"的由来。后来因为节日正值暮春，寒食节便演变成游玩的日子。

　　这一天，诗人韩翃外出散步，看见长安城里一派春风吹拂的景象；帝王宫廷，柳絮飞舞。夜色降临，宫人们忙着给皇帝恩宠的官宦们传送着蜡烛。官宦人家的上空，升腾起蜡烛燃烧产生的袅袅烟雾。

　　寒食日禁绝烟火，而那些受宠的官宦们却可以破例点蜡烛。此情此景，使诗人联想到前朝汉成帝五个国舅封侯的事，于是提笔写下《寒食》。"汉宫"其实是借古讽今，"五侯"借指当今佞臣，表达了人民对皇帝偏宠佞臣的不满和对佞臣无法无天之举做出的讽刺。

作为传统文化大国，我国各地的传统习俗种类繁多，特别是少数民族的很多风俗，我们更应该遵从。譬如傣族的泼水节，彝族的火把节，等等。如果我们到了这些地方，可千万不要忘了入乡随俗哦！

客中寒食①

❖（南唐）李　中

旅次②经寒食，思乡泪湿巾。
音书天外断，桃李雨中春。
欲饮都无绪，唯吟似有因。
输他郊郭外③，多少踏青人。

注释

①寒食：春秋时期的晋文公为纪念忠臣介之推而设，此日禁烟火，只可冷食，故称寒食。

②旅次：旅行时停留的处所。次，临时住所的意思。

③输：不及，赶不上。郊郭外：指郊外。

赏析

　　如果让你们在某一天里不吃热乎乎的饭菜，只吃冷冰冰的食物，你们会有什么样的感受？在我国传统节日里，就有这么一个节日，在这一天，人们要禁烟火，只能吃冷食，冷食又叫寒食，这个节日就是寒食节。

　　寒食节是我国传统节日中唯一以饮食习俗来命名的节日，它在清明的前一天或前两天，曾经被称为中国民间第一大祭日。人们会在这一天里祭祖、扫墓、踏青，等等。现在，就让我们跟随诗人的步伐，看看他这一天里都做了些什么吧。

　　"我"停留在旅店时，正好赶上了寒食节。因为思念家乡，流的眼泪把手巾都打湿了。这句话点明了时间"寒食"、地点"旅次"和心情"思乡"，让读者一目了然地可以看出诗人此时心里是多么难过，多么寂寥！

　　第三句的"天外"，运用了夸张的写作手法，表明了家人与诗人相隔甚远。一个"断"字，写出了因

为距离相隔太远，而断绝了亲人消息的愁苦心理。第四句中的"春"有生长、生机勃勃的意思，可是诗人看到桃树和李树生长得这么茂盛，非但没有欣喜之意，反而还很忧伤，这就可以看出诗人此时的心情真是太不好了。第五句说诗人愁得连喜欢的酒都不想喝了，只能作作诗缓解一下愁苦，这里交代了写这首诗的原因。最后两句，运用"输"字和"踏青人"十分生动地写出了诗人对别人有家人陪伴的羡慕。整首诗清新俊雅，字里行间流露出诗人对家人深深的思念之情。

读完了这首诗，大家有没有感受到诗人那种伤心难过的心情？我们以后迟早会离开父母的，所以，我们要好好珍惜与爸爸妈妈相处的时间，不要让时间白白浪费。

宿新市①徐公店②二首（其一）

❖（宋）杨万里

春光都在柳梢头，
拣③折长条④插酒楼。
便作在家寒食看，
村歌社舞⑤更风流。

注释

①新市：城镇名，在今浙江省德清县东北。

②徐公店：姓徐的人家开的酒店。公，古代对男子的尊称。

③拣：选择、挑选。

④长条：指长的杨柳条。

⑤村歌社舞：指民间歌舞。

赏析

　　古代的文人，大多喜欢游山玩水，在山水的游览中，吟诗作对抒发自己的诗情画意。有人可能会说，这些文人是不是特有钱，要不他们怎么老是在外面旅游，不去挣钱呢？其实在那个时候，文人间流行这样一种观念：不管有钱没钱，都不能阻挡他们行走天下的脚步。文人们都是以诗交友。诗作好，即使素不相识，也会因诗相识，生活上互相周济。所以那时候的文人，只要你有才，有钱无钱尽管来！用我们现在的话说，就是"穷游"吧！就是在这种情况下，远在江西吉水的杨万里决定到京城临安去，希望在结交一些名人的同时，通过考试求取一番功名。

　　杨万里的这一次临安之行是踌躇满志、兴趣盎然的，他把临安之行的前景想象得非常乐观，所以心情是很快乐的。心情的好坏一般可以从他的诗作里面看出来。杨万里到临安后的行程如何呢？让我们沿着他的足迹走下去吧！

　　想领略临安的春色是吗？看这排列在道路两旁随

风摇曳的柳梢就行了。"我"挑最妖娆的一根折在手中，一边把玩一边登上酒楼，并把它插在酒楼显眼的地方。是这酒楼的酒香把"我"引来的，闻着就知是好酒啊，可不能错过了。今天"我"可要开怀畅饮一番，要不等到明天和朋友见面了，就不能尽情喝了。

明天是寒食节了。虽然"我"现在身在他乡，可眼前的情况也不错的，"我"就权当是在家里过寒食节了吧，何况看到那村社里正搭台唱歌跳舞，实在是潇洒热闹，"我"有什么可遗憾的呢？

别的写寒食节的诗，或多或少有一些愁绪，但杨万里的诗中根本就没有这种情绪，他的诗中所表现的，更多的是一种恬然闲适的心境。

杜牧（803—853年），字牧之，号樊川居士，京兆万年（今陕西省西安市）人，唐代杰出诗人、散文家。唐文宗大和二年，26岁的杜牧中了进士，被授予弘文馆校书郎，后历任数职，如史馆修撰，司勋员外郎，黄州、池州、睦州刺史等。他的诗歌多为七言绝句，题材以咏史抒怀为主，成为晚唐诗坛的一大亮点。为与李白杜甫的"大李杜"区别开来，杜牧与李商隐并称"小李杜"。杜牧晚年在长安南樊川别墅居住，故又得"杜樊川"之名，其著有《樊川文集》。

清明节

清明①

❖ （唐）杜 牧

清明时节雨纷纷②，
路上行人欲断魂③。
借问④酒家何处有？
牧童遥指杏花村⑤。

注释

①清明：二十四节气之一，在阳历四月五日前后，宜扫墓、踏青。

②纷纷：形容多。

③断魂：这里形容人伤感到了极点，神情萎靡、情绪低落。

④借问：请问。

⑤杏花村：开满杏花的村庄。此诗之后，多用作酒店名。

赏析

清明节是我国的传统节日，它和春节、端午节、中秋节并称为中国四大传统节日。这个节日主要有两大节令传统：一是礼敬祖先，慎终追远；二是踏青郊游，亲近自然。那么，唐朝诗人杜牧遇见的清明节是个什么样子的呢？

清明节这一天，杜牧准备去探访一个好友。刚出门不久，天上就淅淅沥沥下起了小雨。路上三三两两的行人有的急忙举起袖子挡在头上，有的任由雨丝把衣衫渐渐打湿。路边的田野里，突然冒出来许多灵幡，每个坟头都有一些人跪着烧纸钱。耳边不时传来一阵阵或急如骤雨，或稀稀疏疏的鞭炮声。整个空气中，弥漫着鞭炮的硝烟味儿、纸钱的糊味儿，还有鞭炮的烟与纸钱的烟混在一起的味儿，充斥着人们的鼻孔。

此情此景，让杜牧不禁黯然神伤。他突然想起家乡的亲人。此时家乡的亲人都在上坟扫墓，而"我"却是漂泊在外。唉，这纷纷扬扬的小雨都在为逝去的

人哀思落泪，叫"我"这活着却不能祭奠先祖的人情何以堪啊！此时此刻，杜牧越想越悲，驻足不前。他在雨中举目远眺，想找一个避雨歇脚的地方，如果能有一个酒馆，小饮三杯解解愁、驱驱寒，那就再好不过了。可是，他望遍四周，也没有发现歇脚的地方。

一阵悠扬的竹笛声由远及近，一个八九岁的小男孩，身披蓑衣，头戴蓑帽，坐在牛背上，慢慢地走到近前。杜牧赶紧迎上前去打听，小男孩听了以后，扬起手中的竹笛，向不远处那片影影绰绰的树林一指，说："转过那片杏花树林，你就可以看到一处酒馆啦！"

整首诗中，诗人既没用一个生僻字，也没用一个典故，他仿佛在拍电影，虽然没有给我们任何一个诗中景物的特写镜头，但诗人眼中的清明场景已通过通俗易懂的语言跃然纸上。

破阵子①·春景

❖（宋）晏　殊

燕子来时新社②，梨花落后清明。池上碧苔③三四点，叶底黄鹂一两声。日长飞絮④轻。

巧笑⑤东邻女伴，采桑径里逢迎⑥。疑怪⑦昨宵春梦好，元是今朝斗草⑧赢。笑从双脸⑨生。

注释

①破阵子：词牌名。

②新社：社日是古代祭土地神祈求丰收的日子，分春秋两社。新社即春社，时间在立春后、清明前。

③碧苔：碧绿色的青苔。

④飞絮：飞舞着的柳絮。

⑤巧笑：形容少女美好、灿烂的笑容。

⑥逢迎：相逢。

⑦疑怪：诧异、疑惑。这里指"怪不得"。

⑧斗草：古代民间流行的一种游戏，也叫"斗百草"。

⑨双脸：指脸颊。

赏析

　　在古代诗歌中，以清明节为题材的古诗有不少，但是词却屈指可数。宋朝词人晏殊的这首词，描写了少女们春天生活的小片段，展示在读者面前的是一幅情趣盎然的图画。

　　清明时节后，天气渐渐转暖，海棠梨花刚刚开败，柳絮开始飞花。春社将近，已见早燕归来。园子里有个小小的池塘，池边点缀着几点青苔，在茂密的枝叶深处，时时传来黄鹂清脆的啼叫。趁着这春暮夏初的季节，少女们停了针线，来到大自然的怀抱里。在采桑的路上遇见了东邻女伴，她巧笑着。正疑惑着她是不是昨晚做了个春宵美梦，原来是今天斗草获得了胜利！一团笑意不由得在脸颊上荡漾开来。

　　"燕子来时新社，梨花落后清明。"让读者一眼明了这是什么季节，又点出了季节与景物的关系。"池上碧苔三四点，叶底黄鹂一两声。日长飞絮轻"中的"日长"，表明季节经词人妙手"修剪"变化，空中柳絮纷飞，一派春末夏初晴暖的景象。"碧苔""黄鹂""飞絮"，这些生活中平平常常的自然景物，意境清新可爱，一幅初景就这样诞生了。

　　"巧笑东邻女伴，采桑径里逢迎。""巧笑"二字，恰如其分地表现了"东邻女伴"这个人，词人通过心理活动及情态描写，东邻女这一形象呼之欲出，人物的精神世界也由内而外地呈现出来。"疑怪昨宵春梦好，元是今朝斗草赢。笑从双脸生。"这句话其实是在侧面描写斗草的活动，这种描写人物内心活动的方法，表现了斗草少女的聪慧及其丰富的想象力，让我们看到了一个淳朴无瑕的少女形象。

端午节

午日①观竞渡

❖（明）边　贡

共骇②群龙水上游，不知原是木兰舟。

云旗猎猎翻青汉③，雷鼓嘈嘈殷④碧流。

屈子冤魂终古⑤在，楚乡遗俗至今留。

江亭暇日堪高会⑥，醉讽离骚不解愁。

注释

①午日：端午节这天。

②骇：惊骇，惊怕。

③青汉：云霄，空中。

④殷：震动。

⑤终古：从古至今。

⑥高会：指端午节会船竞舟。

赏析

嗨，你知道端午节的由来吗？你吃过粽子吗？你见过赛龙舟吗？你知道吃粽子、赛龙舟都是为了纪念屈原吗？传说公元前278年，秦国派名将白起攻打楚国，楚国很快就被攻破亡国。此时已经62岁的屈原听说后痛不欲生，他来到汨罗江边放声大哭，自知无力回天，就抱石投水，以身殉国。江上渔人见状纷纷前往救援，但浩浩清波，汪汪碧水，哪里还有屈原的影子呢？施救的众人一起商议道：既然救生无望，不如投撒食物喂饱水中鱼虾，免得饿鱼咬坏了屈大夫的身子。同时还有一部分船民把船扮成龙的样子在江面上来往穿梭，嘴里发出叫唤的声音，希望吓跑鱼虾。

因屈原投江是在农历五月初五，人们便把这一天定为端午节，把抛向水里的食物改成用竹筒装的粽子，同时还比赛划龙舟，以此纪念这位伟大的爱国诗人。

下面是明朝诗人边贡给我们介绍他在湖北荆州做

官时见到的当地人们过端午节时的景观！

　　端午节这天，所有的看客都非常惊奇，在江面上怎么突然冒出了这么多的龙聚集在一起啊？再仔细一看，不禁笑了起来，原来这些栩栩如生的龙是用木兰树木做成的龙舟啊！龙舟上的彩旗被江风吹得猎猎作响，连半空中的云彩也跟着上下翻动，船头的皮鼓被擂得轰隆直响，震得碧绿的江水也涌动起来。从古至今屈原含冤投江的故事代代传颂，荆楚大地遗留下来的吃粽子、划龙舟的风俗至今还保留着。闲暇的时候正适合在江亭聚会，一边饮酒，一边朗诵着屈原的《离

骚》，还可借着醉意抱怨，即使朗诵《离骚》，但也解不了自己心中的忧愁！

乙卯①重五②诗

❖（宋）陆　游

重五山村好，榴花忽已繁。

粽包分两髻③，艾束著危冠④。

旧俗方储药⑤，羸躯⑥亦点丹⑦。

日斜吾事毕，一笑向杯盘。

注释

①乙卯：指宋宁宗庆元元年（1195年），当时71岁的陆游，隐居于家乡绍兴。

②重五：即端午节，因在五月初五，故曰"重五"。

③两髻：粽子两个尖尖的角，古时又称角黍。

④危冠：高冠。这是屈原流放江南时所戴的一种帽子。

⑤储药：古人把五月视为恶日，需储备雄黄药和雄黄酒除恶辟邪。

⑥躯：身躯，身体。

⑦丹：丹药。

赏析

　　南宋诗人陆游我们都已经熟悉了。他从小受家人的爱国思想熏陶，长大后入仕，力主抗金，收复山河。陆游一生写诗近万首，大多数是报国抗金的作品。他的诗豪放雄浑，充满了爱国情怀，在当时国运衰凋风雨飘摇的时代尤为难得。当然，陆游的田园诗也写得非常好。他的田园诗细腻生动，语言清新，对仗工整，意韵十足。我们来看看陆游隐居在老家越州山阴（现浙江省绍兴市）时写的一首关于端午节的诗作。

　　端午节的节日气氛、淳朴的吴越民风，在陆游的笔下一一展开，可见他的心情是非常好的，这种心情，对于长期满腹忧愤、忧国忧民的他来说是尤为难得的。

　　瞧，端午节到了，还是"我"隐居的这个小山村的生活环境好哇，一转眼又到了石榴花满树怒放

的时候了。这天，"我"家里的每个人都吃了两只角的粽子，男人们高戴的帽子上面还插着艾蒿，又忙着储存除恶辟邪的药，为的是身体在这一年能平安无病。等到忙完了这些事情，已经是太阳西斜时分，这时候，"我"的家人们早把酒菜准备好，于是"我"便开怀地喝起酒来。

七夕

秋 夕^①

❖（唐）杜 牧

银烛^②秋光冷画屏^③，
轻罗小扇^④扑流萤^⑤。
天阶^⑥夜色凉如水，
卧看^⑦牵牛织女星。

注释

①秋夕：秋天的夜晚。

②银烛：银色烛台上插着的蜡烛。

③画屏：画有图案的屏风。

④轻罗小扇：轻巧的丝质团扇。

⑤流萤：飞动的萤火虫。

⑥天阶：皇宫里的石阶。

⑦卧看：坐着朝天看。

赏析

　　《秋夕》是唐朝诗人杜牧写的一首深沉蕴藉的七绝，它写的是一个失意宫女的孤独生活和凄凉心情。

　　第一、二句，在秋夜里，烛光映照着画屏，宫女闲得无聊，手里拿小罗扇在扑打着萤火虫。夜色里，石阶冰凉如冷水，而宫女却呆坐在上面，痴痴地看着天上的牛郎织女星。

　　表面上诗句的意思很直白，但实际上却有很深的含义：第一，萤火虫一般在草丛、荒凉的地方生活，而在宫女居住的庭院里竟然有流萤飞动，可见宫女的生活有多么凄凉。第二，从宫女扑萤可以想象她们有多寂寞无聊。因为无事可做，只好用扑萤来消遣孤独的岁月。第三，扇子本是夏天用来扇风取凉的，秋天就不用了，所以这里的"轻罗小扇"，也暗指持扇宫女被遗弃的命运。

　　第三、四句中，"夜色凉如水"暗示夜已深，寒

意渐浓，是时候该进屋睡觉去了。可是宫女仍坐在石阶上，抬头望着牵牛星和织女星。或许是牵牛和织女的故事触动了她的心事吧，可以说，满怀心事都在这举首仰望之中了。

这首诗把深宫秋夜的景物十分逼真地呈现在了读者面前。"冷"字，形容词当动词用，很有气氛。"凉如水"的比喻不仅有色感，而且有温度感；而写宫女动作的两句，含蓄蕴藉，很耐人寻味。诗中虽没有一句抒情的话，但宫女那种哀怨与期望相交织的复杂感情见于言外，从一个侧面反映了封建时代妇女的悲惨命运，不得不佩服杜牧的独具匠心。

中秋节

天竺寺八月十五日夜桂子^①

❖（唐）皮日休

玉颗珊珊下月轮，
殿前拾得露华新^②。
至今不会天中事，
应是嫦娥掷与人。

注释

①桂子：桂花。

②露华新：新落的露珠。

赏析

　　在晚唐，出现了一位著名的诗人，他的名字叫皮

日休。他的诗文新奇和朴实兼而有之，而且多为同情民间疾苦之作，对于社会民生有着深刻的洞察和思考，被鲁迅赞誉为唐末"一塌糊涂的泥塘里的光彩和锋芒"。

在一个中秋的夜晚，皮日休想到前一年自己高中进士，而今年又是自己东游之时，正是春风得意、意气风发的时候。加上正值中秋月圆之夜，皮日休心情很是高兴，不禁诗兴大发。

朋友，你看这飘零降落的桂花瓣，如同一颗颗玉珠从月亮上边撒落下来，"我"走到大殿前捡起它们，发现花瓣上边还有星星点点刚凝结起来的露水。至今，"我"还不知道天上到底发生了什么事。这些桂花和桂花上的雨露，应该是广寒宫里的嫦娥撒落下来送给我们的吧！

这首诗描写桂花降落的样子别致新颖，想象奇特。意思是那飘然而落的桂花，本就洁白如玉，再加上被月光映衬，更加显得晶莹剔透。"我"拾起这花瓣，上面还沾着露水，让人更觉娇嫩滋润无比，想来当是嫦娥撒于人间。全诗咏物以虚显实，空灵蕴藉，有以

小见大之妙。

这首诗很多地方是诗人的联想，并不是现实，但巧妙的联想却为寂静的中秋夜平添了几分妩媚、几分俏皮，将诗人得意之情显露无遗。

欣赏了皮日休的"夜赏月桂图"，对我们学会如何发挥联想，一定有很大的帮助吧！

84

十五夜①望月寄杜郎中②

❖（唐）王　建

中庭地白树栖鸦，
冷露无声湿桂花。
今夜月明人尽③望，
不知秋思④落⑤谁家。

注释

①十五夜：中秋夜。

②杜郎中：指杜元颖。

③尽：都。

④秋思：本指秋天的情思，这里指
思念亲人或好友的思绪。

⑤落：在，到。

赏析

中秋节是我国一个重大的传统节日。它和嫦娥奔月的故事有关。在中秋这一天，人们会望着月亮思念远方的亲人。普通人是这样，而诗人们就更不用说了。王建是唐朝一个极有人情味的诗人。他有一位医生朋友杜元颖，他们的关系极为亲密。两人很久没有见面了，在一个月圆之夜，不知不觉，王建又思念起远方的朋友来。

月光照射在庭院之中，地上好像铺了一层霜。萧瑟的树荫里，乌鸦停止了啼叫，进入了梦乡。深夜里的秋霜把桂花全打湿了。面对着这明亮的月亮，普天下该有多少人在抬头望月，但有谁像"我"一样思念着你呀，我的朋友。

这首诗美就美在给我们带来美好的想象空间。同是望月，但望月思人的思绪却各不相同。别人望月，无秋思可言，而"我"却是思念无限。似乎这秋思只有王建一人独有似的：明明远方的亲人、朋友在思念着自己，自己也在望着月亮思念着远方的亲朋，但却

偏偏说"不知秋思落谁家",突然之间就把意境表现得蕴藉深沉、含而不露了。

中国人讲究含蓄美。含蓄美就是含而不放,但并不是闭口不言不表达,而是不直截了当明说,采用另一种方法去表达。含蓄是一种技巧,生活中,当我们很想表达一种内心的强烈愿望,却又觉得难以启齿的时候,不妨借助"含蓄"这个技巧表明自己的心迹或想法。就像王建表达自己浓烈的思念一样,固然自己的内心思念很强烈,但表达出来的语言却是如同酿了很长时间的酒,在平和之中慢慢感动别人。

所以,含蓄是一种修养,是一种情趣,更是一种韵味!

水调歌头

❖（宋）苏 轼

丙辰中秋，欢饮达旦①，大醉，作此篇，兼怀子由②。

明月几时有？把酒③问青天。不知天上宫阙，今夕是何年。我欲乘风归去，又恐琼楼玉宇，高处不胜④寒。起舞弄清影，何似⑤在人间。

转朱阁，低绮户，照无眠。不应有恨，何事⑥长向别时圆？人有悲欢离合，月有阴晴圆缺，此事⑦古难全。但⑧愿人长久，千里共婵娟⑨。

注释

①达旦：直到第二天早晨。

②子由：苏辙，字子由，其与哥哥苏轼、父亲苏洵并称"三苏"。

③把酒：端起酒杯。把，持、执。

④不胜：受不住，无法承受。胜，承受。

⑤何似：何如，哪里比得上。

⑥何事：为什么。

⑦此事：指上文的"欢""合""晴""圆"。

⑧但：只。

⑨婵娟：原指美好的事物，这里指月亮。

赏析

　　苏轼是宋代的大文学家，这首词是宋神宗熙宁九年（1076 年）他在密州（今山东省诸城市）过中秋节时写的。苏轼的情商很高，对亲情很在意，特别是他和弟弟苏辙感情尤为亲密。苏轼因为与当权的变法者王安石等人政见不同，自求外放，辗转在各地为官，兄弟二人有七年没有见面，所以中秋来临之际，面对一轮明月，不由心潮起伏，于是乘酒

兴正酣，挥笔写下了这首词。

明月从何时候才开始出现的呢？"我"端起酒杯遥问苍天。不知道在天上的宫殿，今天晚上是何年呢？"我"想乘着清风回到天上，又担心自己在那美玉砌成的楼宇里，无力承受那里的寒冷。起舞翩翩玩赏着月下清影，哪里比得上在人间？

明月转过朱红色的楼阁，低低地挂在雕花的窗户上，照着毫无睡意的自己。明月不应对人们有什么怨恨吧，为什么偏在人们离别时才圆呢？人有悲欢离合的变迁，月有阴晴圆缺的转换，这种事自古以来就难以周全。只希望所有的亲人能平安健康，即便相隔千里，也能共享这美好的月光。

此篇是苏词的代表作之一。历代文人对这首词都推崇备至，并认为是写中秋的词里最好的一首。这首词仿佛是与明月的对话，在对话中探讨着人生的意义。既有理趣，又有情趣，很耐人寻味。全词意境豪放而阔大，情怀乐观而旷达，对明月的向往之情，对人间的眷恋之意，以及那浪漫的色彩、潇洒的风格和行云流水一般的语言，能给人们以健康的美学享受。

月饼

❖（宋）苏 轼

小饼①如嚼②月，
中有酥和饴③。
默品其滋味，
相思泪沾巾。

注释

①小饼：当时俗称月团，即现在的月饼。

②嚼：上下牙齿磨碎食物。

③酥：酥油。饴：麦芽糖。

赏析

中秋节是我国传统节日之一，它开始于唐朝初年，兴盛于宋朝，到了明清时，已经成了与春节同样重要的传统节日。现在，我们国家还把中秋节定为了法定节日。中秋节这一天的月亮又大又圆，天南海北的亲人们在这一天都会想法子聚在一块，圆圆的月亮象征着亲人们的团团圆圆。这天晚上，亲人们便会一起赏月。如果有些亲人因为这样或那样的事情聚不到一起，那天上的月亮便又成了他们寄托思念故乡、思念亲人之情的载体。

现在，我们已经知道在中秋节这一天要赏月了。那么，我要问问聪明的小朋友们，你知道在这一天我们要吃什么吗？回答正确，这一天我们要吃月饼。你看那圆圆的月饼，像不像天上圆圆的月亮呢？这首诗写的就是月饼，让我们看一看吧！

诗的第一句运用比喻的修辞手法，将吃月饼比喻成就像吃圆圆的月亮一样，生动形象，引起人的兴趣，想知道月饼是什么味道，想尝一尝吗？别急，接着往

下看，诗人在第二句说了，月饼的馅是用麦芽糖和酥油搅拌在一起而做成的，真是想一想都觉得又香又甜，勾起人的食欲。我们读到这里时可能会问了，诗人是和谁吃着这么美味的月饼呢？再看第三句中的"默"字，这个字便道出了诗人是自己一个人吃着这个月饼的。唉！在这美好的团圆佳节里，大家都有亲人相伴，可是诗人只有孤零零的一个人，多么孤单啊。诗人的想法和我们是一样的，所以第四句中他用了"泪沾巾"生动地写出了自己对远方亲人的思念之情。本诗构思巧妙，别出心裁，诗人没有直接从月亮着手，而是从月饼着手，借饼抒情，表达了自己思念亲人之情。

圆圆的月饼，承载着厚重的历史及节日风俗的演变和延伸，成为中华民族团圆的象征和憧憬美好生活的见证。中秋节，可别忘了吃月饼啊！

王　维（701—761 年），字摩诘，号摩诘居士，祖籍山西祁县，出生于河东蒲州（今山西省运城市）。王维于开元十九年（731 年）状元及第，历任右拾遗、监察御史、河西节度使判官数职，后官至尚书右丞，故有"王右丞"之称。王维擅长写五言诗，多咏山水田园，与孟浩然并称"王孟"。因其笃信佛教，故有"诗佛"之称。苏轼曾写过一段话来赞美王维的诗："味摩诘之诗，诗中有画；观摩诘之画，画中有诗。"王维的代表诗作有《相思》《山居秋暝》等，现存 400 余首，著作有《王右丞集》《画学秘诀》。

重阳节

九月九日①忆山东②兄弟

❖（唐）王　维

独在异乡为异客，
每逢佳节倍思亲。
遥知兄弟登高处，
遍插茱萸③少一人。

注释

①九月九日：重阳节。

②山东：古时人们把华山以东地区称为"山东"，并非指今日山东省。

③茱萸：一种香草，古人认为重阳节插茱萸可以避灾克邪。

赏析

　　在唐朝的诗人中，王维也是很有名气的。他年少时候的才情就已在当时文坛引人注目，特别是他17岁时写的一首《九月九日忆山东兄弟》，更是让当时的一些文学大家对他刮目相看！

　　当时的王维已离开家乡，身在京城长安。古时候，一个人远游他乡，交通很是不便，再加上风土人情、生活习惯、语言交流等都与故乡有很大差别，所以要付诸行动，是需要下很大决心的。

　　作为一个意气风发的少年，平时游走于求学交友的奔波途中，日子应该是比较充实的。但人是感情动物，一旦闲下来，尤其遇到节日时，免不了就想起了家乡、想起了亲人、想起了过往的点点滴滴。而远离家乡千里的王维，更是有着强烈的思乡之情。

　　唉，今天是重阳佳节，往年"我"在家的时候，全家人聚在一起举杯祝福，喝酒聊天，登高望远，其乐融融。而今天"我"孤身一人漂泊在外，叫"我"怎能不想念他们呢？"独在异乡为异客"，一个"独"

字、两个"异"字，把远在他乡的游子的那种孤独寂寞的心情烘托得淋漓尽致！眼前看的是别人一家亲人团聚，脑中想的是家乡亲人的音容笑貌。真是越想越寂寞，越寂寞就越思亲！所以，此情此景，让"我"怎么不"每逢佳节倍思亲"！

如果说开篇两句王维还压抑着情感，把对亲人的思念之情叙述得较为平淡，那么后两句就是直接让自己思乡思亲的感情自然宣泄出来，而且还是娓娓道来，质朴真切。"遥知兄弟登高处"，孤独的王维呆呆地望着家乡的方向，脑海中仿佛出现了一个场景：兄弟们身上插着茱萸，你牵我拉，攀山越岭，活动筋骨。就在这其乐融融的户外活动中，兄弟们也一定会发现"遍插茱萸少一人"，他们会为少了"我"这个兄弟而思念"我"吧！

我们对于王维的感受，应该也有所体会：端午节、中秋节、重阳节、春节，当我们的爸爸妈妈在外地工作不能回家和我们团聚时，我们和爸爸妈妈也一样会两地相思的！

行军九日①思长安故园

❖（唐）岑 参

强②欲登高③去，
无人送酒来。
遥怜④故园菊，
应傍⑤战场开。

注释

①九日：指九月初九重阳节。

②强：勉强。

③登高：重阳节有登高、赏菊、饮酒等传统
习俗，以避难消灾。

④怜：可怜。

⑤傍：靠近，接近。

赏析

　　岑参是唐朝著名的边塞诗人。他对边塞风光、军旅生活以及少数民族的文化风俗有切身感受，所以他的诗以边塞题材为主。岑参的诗风与高适相近，后人将他们并称为"岑高"。

　　在古代的诗歌中以九月初九重阳节登高为题材的好诗不少。岑参的这首诗，表现的不是一般的节日思乡，而是对国事的忧虑和对战乱中人民疾苦的关切。

　　首句一个"强"字，表现了诗人在战乱中的凄清景况。"登高去"前面冠以"强欲"二字，表现出强烈的无奈的情绪。登高是重阳节的风俗之一，而诗人却勉为其难去登高，是不是有些凄凉之意？

　　长安是帝都，而它竟被安史乱军所占领，诗人在这种情况下，对过节确实提不起兴趣，更别说去登高赏景了。典型的环境，使诗人登高时心情愈加难过：既思故园，更思帝都，既伤心，更感慨，这两种复杂的感情在他的心中冲撞激荡，好不伤心啊。

　　重阳必登高，登高必饮酒。但诗人却说"无人送

酒来"，什么原因呢？其实这里是在写军旅的寂寞和孤独，无酒可饮，更无菊可赏，唉，这"行军"就是这么艰苦。

　　第三句开头一个"遥"字，表明诗人和故园长安相隔之远，充满了思乡之情。接着又写了"故园菊"，其实这是诗人对亲朋好友思念之情的寄托和浓缩。"怜"字，不仅写出了诗人对故乡之菊的怀念，更写出了诗人对故园之菊开在战场上的哀叹和怜悯之情。本来对故园菊花，可以有多种形式的想象，但诗人只是设想它"应傍战场开"，这就照应了诗题中的"行军"二字，结合安史之乱和长安陷落的混乱时局，一幅战乱的图画似乎在我们眼前徐徐展开：硝烟弥漫的长安城，断墙残壁间，一丛丛菊花依然无比孤傲地开放着。国破家亡、危在旦夕，让人怎不忧心忡忡！

王之涣（688—742 年），字季凌，蓟门人，一说晋阳（今山西省太原市）人，盛唐著名诗人。他尤以五言诗见长，内容以描写边塞风光为主。其诗多被当时乐工制曲歌唱，名动一时。他常与高适、王昌龄等相唱和。唐人靳能在《王之涣墓志铭》中称其诗："尝或歌从军，吟出塞，曒兮极关山明月之思，萧兮得易水寒风之声，传乎乐章，布在人口。"他的作品现存仅有六首绝句，其中三首边塞诗，以《登鹳雀楼》《凉州词》为代表作。章太炎推《凉州词》为"绝句之最"。

重阳佳节送别

九日送别

❖（唐）王之涣

蓟①庭萧瑟②故人稀③，
何处登高且送归。
今日暂同芳菊酒④，
明朝应作断蓬⑤飞。

注释

①蓟：古州名，唐开元十八年置。即现在的天津市蓟州区。

②萧瑟：草木被秋风吹袭的声音。

③稀：少，不多。

④菊酒：即菊花酒。

⑤断蓬：即飞蓬，比喻漂泊无定。

赏析

　　秋风萧瑟的蓟北，相熟的朋友本来就少，又有谁能登高送"我"回归故乡呢？今日相会我们便一起饮尽杯中的菊花酒，也许明日你我就像这随风漂泊无定的断蓬一样，不知道飞向何方了啊！

　　公元725年的一天，一个叫王之涣的人和一个叫上官致情的人屹立在风中，思绪万千，心潮澎湃。前几天，才高气盛的王之涣因衡水主簿官职卑微，以及官场争斗，愤然辞官。现在游历此地，无意间遇到老朋友上官致情，原来上官致情正带领弟子在此处隐居。两人相见，不禁感慨世事无常。第二天，王之涣辞别朋友踏上还乡的路，上官致情也将携弟子远行，这首诗即写于此时。

　　被贬之人，几乎没有什么朋友与之来往，所以王之涣才说"故人稀"。想想就觉得王之涣很可怜，他也可能就只有诗中所言这一位"故人"了吧！他乡遇故交，本来就是没有料到的事，但短暂相聚之后又要各奔他乡了，大家都要走，那么究竟是谁送谁呢？所谓"且送归"，还不如说成"同送归"。

"今日暂同芳菊酒，明朝应作断蓬飞。"本来呢，只有亲人朋友相逢时才能畅饮菊花酒，但今天既然我们相逢在此，那就痛快地喝下这杯酒吧，明天我们就要像这断蓬一样，四处飘零，不知归朝，也不知飞向何方。由于一些原因，当时的王之涣和上官致情都可算作失意之人，两个同样失意的人对饮只有相逢时才饮的酒，而在相逢后的第二天却要分离，从意外相逢到同饮菊花酒，再到第二日的分别，两人心里都各自埋着一股难以言说的不快，这不快不是喝了几杯菊花酒就能排解的，那么，什么才能驱散他们心中的不快呢？望着半空中飘飞的蓬草，两人心头都感觉一阵凄凉。

秋 社

秋社①二首（其一）

❖（宋）陆 游

明朝逢社日，邻曲乐年丰。

稻蟹雨中尽，海氛秋后空。

不须谀②土偶③，正可倚天公。

酒满银杯绿，相呼一笑中。

注释

①秋社：汉族节日。始于汉代，立秋后第五个戊日为秋社日。

②谀：谄媚，奉承。

③土偶：用泥土塑成的人像或神像。

　　立秋是秋天的第一个节令，标志着秋天的开始。立秋以后，每下一次雨就凉快一些，因而有"一场秋雨一场寒，十场秋雨要穿棉"的说法。立秋时，民间有祭祀土地神，庆祝丰收的习俗。自汉朝以后，官府与民间会在立秋后第五个戊日举行祭祀，到了宋朝时还有吃糕、饮酒等习俗，十分热闹。可是随着时代的变迁，秋社已经渐渐不时兴了。不过别遗憾，本诗的作者就生活在宋代，这首诗为我们描绘了一场秋社的胜景，快来看看吧。

　　先看首联，首联说明天就是秋社了，快活的曲子在庆祝丰收年，从一个"乐"字可以看出，诗人此时的心情是多么高兴啊。想必今年的收成一定很好吧，颔联就告诉了我们这个答案。水稻是那么多，螃蟹是那么肥，天气是那么好！那么这一切美好的生活都是谁带来的呢？颈联说，不是那些供奉的泥塑神像带来的，而是老天爷的风调雨顺和人民的辛勤劳动啊。再看尾联，酒杯倒满了，大家一起干杯，快乐地庆祝这

个丰收年吧。一个"笑"字,将诗人此时的心情表达得淋漓尽致,又与首联中的"乐"字相互呼应,相互映衬,更加表达了诗人此时的喜悦之情。

　　丰收真是一件令人高兴的事情!农民伯伯们用他们勤劳的汗水,换来了我们赖以生存的粮食。现在我们的生活条件好了,但一定也要时刻记得珍惜粮食啊!

腊 八

腊　日^①（节选）

❖（唐）杜　甫

腊日常年暖尚遥，
今年腊日冻全消。
侵陵雪色还萱草^②，
漏泄^③春光有柳条。

注释

①腊日：俗称腊八节。

②萱草：一种古人认为可以使人忘忧
的草。

③漏泄：透露。

　　腊八节，是在农历的腊月初八。民间有俗语说："小孩儿小孩儿你别馋，过了腊八就是年。"可见，腊八一过，就快要过年了。在腊八节的这一天，我们通常会吃腊八粥，吃腊八蒜，等等，还会去祭祀。杜甫的这首诗，写的就是腊八这一天的景象，快去看看吧。

　　"腊日常年暖尚遥，今年腊日冻全消。"这两句是写实，大意是：往年过腊八时天气都冷得吓人，温暖似乎在非常遥远的地方。可今年的腊八节却温暖多了，冰雪全都消融了。景物对应着诗人此时高兴的心情。

　　"侵陵雪色还萱草，漏泄春光有柳条。"接下来紧接着又写了，连萱草都萌芽了，将山陵间的雪色给侵占了，心情也因为这天气的变暖而好了起来，"萱草"象征着诗人此时高兴的心情。尾联写到，树上的雪也没了，似乎露出了柳枝，春天真的来了！全诗的感情基调欢快自然，用"萱草""柳条"等物，

寄托了诗人想要春天快点儿来临时的心情。

　　读到这里，你是不是也被诗人的感情所感染了呢？仿佛春天也真的来了呢？但是民间又有俗语说："腊七腊八，冻掉下巴。"腊八时天还是很冷的，距离春天还远着呢。不过小朋友也不要着急，过了腊八就要过年了。过年了，每一个家庭就会团团圆圆、快快乐乐！

腊八日书斋早起南邻方智善送粥方雪寒欣然尽（节选）

❖（宋）王 洋

腊月八日梁宋①俗，
家家相传侑僧粥②。
栗桃枣柿杂甘香，
菱棋③芝栭④俱不录。

注释

①梁宋：南朝的梁宋朝。

②"侑僧粥"：因为腊月初八是释迦牟尼得道
成佛的日子。佛寺在这天的习惯是熬制
"腊八粥"供佛，并赠送给香客、四邻。

③菱棋："枳棋"，又名拐枣。

④栭：枯木上生的菌类植物。

赏析

　　前面的两首诗主要写了诗人在腊八节这一天的所见所想，这首诗主要写了腊八节的食物——腊八粥。腊八粥是一种在腊八节用多种食材混合在一起，经长时间熬制而成的粥，也叫作七宝五味粥。喝腊八粥的习俗，由来已久，一直流传至今。最早的腊八粥是用红小豆来煮的，后来经过演变，粥里面的食材逐渐多了起来。不同地方熬制腊八粥的食材虽有不同，但基本上都包括大米、小米、糯米、高粱米、紫米、薏米等谷类，黄豆、红豆、绿豆、芸豆、豇豆等豆类，红枣、花生、莲子、枸杞子、栗子、核桃仁、杏仁、桂圆、葡萄干、白果等干果。

　　本诗从题目中就可以看出，诗人在腊八节的这一天，收到了僧人们送给他的一碗八宝粥。诗人在第一句先是为我们介绍现在到了腊八节，那么腊八节到了又该做些什么、吃些什么呢？第二句就写到，佛寺中的僧人们在这一天熬制腊八粥供佛，还赠送给其他的香客、邻居们。诗人作为寺院的邻居，自然得到了这一碗腊八粥吃，再根据题目中的"欣然"二字，可见诗人此时是多么开心啊。"家家相传"，表示了僧人们的乐善好施。

那么，这腊八粥的味道怎样呢？里面都放了什么东西呢？诗的第三句就说了，粥特别的甘甜美味，里面放了栗、枣等食物，一个"杂"字，既表明了食材之多，又表现出了粥的味道之杂。但是这腊八粥又不能随便什么都能放，哪些东西不能放呢？比如说菱角啊、灵芝啊，这些东西就不能放。这一点从"俱"字就可以看出。

好了，香喷喷的腊八粥就说到这里了，相信你一定很想尝尝吧？

小 年

小年二首（其一）

❖（明）林 光

甲子①春侵腊，燕京又小年。

儿童欢礼灶，箫鼓闹喧天。

数九②晴看柳，书空仰羡鸢③。

此身吾自有，富贵乃浮烟。

注释

①甲子：这里指大雪和小寒之间的月份为甲子月。

②数九：古人从每年阴历腊月冬至开始计"九"，九天一周期，共九个周期。人们认为过了九九八十一日，春天肯定到来。

③鸢：纸鸢，风筝。

　　小年，并非专指一个节日。由于各地风俗的不同，被称为小年的节日也不同。在不同的地方，小年有着不同的日期。北方的小年是腊月二十三，南方有些地区的小年是腊月二十四。江浙沪一带一般把腊月二十四和除夕前一夜都称为小年，南京一带还称正月十五的元宵节为小年，云南部分地区称正月十六为小年，西南和北方少数民族地区也有把除夕称为小年的。说了这么多，请走进这首诗，看看诗人说的小年是什么样的吧。

　　我们从首联可以看出，诗人是在一个叫燕京的地方过的小年。从一个"又"字可以看出，诗人感叹时光之快。颔联写到了孩子们对于小年这一天的到来感到多么高兴啊，"欢"和"闹"字，充分体现了这种兴奋、欣喜的感情。读到这里，可以看出首联和颔联是实写。诗人实写了在哪个地方过节和浓厚的过节氛围。接着，颈联笔锋一转，写到了春天时在晴天里可以看柳树，还可以看天空中飞翔的风筝。那么这些景

象是诗人眼前看到的吗？显然不是，这些都是诗人想象出的画面。一个"羡"字，指羡慕之意，又自然而然地引出了尾联中诗人不慕名利、视荣华富贵为过眼云烟的思想感情。尾联的诗句又有收束全诗的作用，起到了点睛之笔的作用。

过了小年，可就真要过年了！我们又可以过一个热闹的春节了。

小年夜

❖ （明）吴与弼

虚堂明烛小年时，
子弄瑶琴父咏诗。
会得心中无事旨，
乐夫天命复奚疑①。

注释

①乐夫天命复奚疑：出自陶渊明的
《归去来兮辞》，意思是，乐安天命，还
有什么可疑虑的呢？

赏析

俗话说："二十三，糖瓜粘。"从清朝中后期开始，皇帝就在每年腊月二十三举行祭天大典，为了"节省开支"，顺便把灶王爷也给拜了。所以，腊月二十三又是祭拜灶王爷的节日。过小年时，人们会买糖瓜、关东糖、麻糖等行供奉，祈求灶王爷嘴甜些，上天时多说些好话。小年这一天，大家都聚在一起开开心心地过，那么就让我们看一看诗人的家中是怎样过小年的吧。

先看题目，题目写的是"小年夜"，这让我们一目了然地知道了诗人写的是发生在小年夜里的事情。小年夜里会发生什么事呢？让我们接着往下看，先看第一句。第一句写着，小年啦，房间里点着明亮的蜡烛，照得四周亮堂堂的。其实读到这句诗时，就算不读题目，也会知道诗人写的是什么时候的事情。一个"小年"和"烛"交代了时间，"虚堂"交代了地点。那么大家都在干什么呢？接着再看第二句，原来儿女在弹琴呢，父亲在咏诗呢。这是多么和乐美好的画面啊，

想想都觉得温馨。第三句写出了诗人悠然的心情，此时没有什么烦心事，不就是最大的快乐吗？最后一句引用了陶渊明的话，又向我们进一步表达了诗人自己乐安天命的想法。在这首诗中诗人为我们描绘了一幅和和美美又温馨的家庭场景图，从中可以看出诗人是一个乐安天命，乐观、知足的人。

读完了这首诗请想一想，你与家人最幸福的时光是什么呢？

立 春

立 春

❖（唐）杜 甫

春日春盘①细生菜，忽忆两京②梅发时。

盘出高门③行白玉④，菜传纤手送青丝。

巫峡寒江那⑤对眼，杜陵远客⑥不胜悲。

此身未知归定处，呼儿觅纸一题诗。

注释

①春盘：古代立春有做"春盘"的习俗，取韭菜、春饼等置于盘中作为食品，寓迎新之意。

②两京：指唐代的京城长安和东都洛阳。

③高门：汉未央官殿门，此处代指唐长安皇宫之门。

④行白玉：行，赐予。古代立春前皇帝会向大臣赐春盘。白玉，像白玉一样的盘子。

⑤那：通"挪"，移动。

⑥杜陵远客：杜甫曾寓居长安杜陵东南之少陵原东，故称"杜陵远客"。

赏析

　　我们都知道杜甫是唐代现实主义诗人，他忧国忧民，其诗风沉郁顿挫，因此杜甫被称为"诗史"。杜甫虽然一生颠沛流离，可对生活始终保持着热爱之情。这从他的诗作中就可以看出。比如，从《立春》这首诗就可以看出杜甫当时的精神状态。

　　春天到了，人们照例用盘子装上韭菜春饼来迎新，此情此景让"我"想起长安和洛阳梅花开放的时候。宫人们端着白玉一样的盘子向大臣赐春盘，老百姓也互相传递着青绿蔬果。巫峡江水滚滚向前，"我"却不禁悲从中来。想"我"杜甫已经年过半百却居无定所，心中郁闷万分，连连呼唤儿子：快拿"我"的纸笔来，"我"要将这满腔愤懑

诉诸笔端!

这首诗是杜甫困居夔州时所作，当时国家局势动荡不安，百姓流离失所。该诗首联抚今追昔，看眼前"春盘"，想往年立春时节的长安、洛阳。颔联运用了对比的修辞手法，具体回忆昔日两京立春日庆祝的盛况。颈联又回到现实，他看着巫峡大江，愁绪如滚滚而去的江水，悲愁之余，只"呼儿觅纸"，将满腔的悲愤之情写了下来。一个封建时代心忧天下、穷途潦倒、方正刚直的诗人形象就这样出现在我们面前，读来令人落泪。

抚今追昔，我们更要珍惜现在的生活。我们现在美好的生活是千千万万个烈士用他们的鲜血换来的。所以我们一定要好好学习，长大了尽自己最大的能力，为祖国贡献我们的力量！

立春日郊行

❖（宋）范成大

竹拥溪桥麦盖坡，土牛行处亦笙歌。
麴尘①欲暗垂垂柳，醅面②初明浅浅波。
日满县前春市合，潮平浦口暮帆多。
春来不饮兼无句，奈此金幡彩胜何。

注释

①麴尘："麴"同"曲"，指的是酿酒用的酒母。"麴尘"就是酿酒时候搅动酒母弄起的尘，意指大量酿酒。

②醅面：指的就是浮在酒面上的绿色泡沫。

赏析

　　立春，意味着每年农事的开始。在我国古代，每逢"立春"，皇上和官员们都会通过"迎春"礼仪向百姓们"劝耕"，百姓们也通过"迎春"仪式，祈愿一年风调雨顺，五谷丰登，万事顺遂。立春，在民间还有很多不同的风俗，如迎春、祭祀祖先、鞭春牛、咬春、踏春，等等。

　　本首诗就写了到郊外踏青时的所见所闻。范成大看到了什么呢？——青青翠竹合围着溪水，碧绿的麦苗覆盖着山坡，水牛走过的地方留下了农人们的一路高歌。满眼的绿色让人想起比这柳色还浓的酒曲，连浮在酒面上的绿色泡沫也胜过这水面的碧波。太阳普照着眼前这春天的集市，傍晚时的潮水使水面与渡口齐平，人们的视线里突然冒出很多船帆。这大好的春光却让"我"提不起饮酒的兴趣，为什么呢？因为"我"的头脑里竟冒不出华章丽句。为什么冒不出华章丽句呢？因为这华丽的幡帛和奇特的盛景撩得"我"无法静下心来，"我"拿它们有什么办法呢？

　　首联列举了"竹""溪桥""土牛",展示了牛耕地、麦满坡的景象,点明春天真的来了。颔联将酒曲、醅面的颜色和垂柳、碧波的颜色对比,暗示春播过后将是一个丰收的夏季——不丰收,哪会有充裕的粮食酿这么多美酒呢!颈联又写了繁华的集市,热闹的渡口。真是生机勃勃啊,所以尾联道出了,诗人在这春意盎然的季节里用喝酒来庆祝,而这又与前面的"曲尘""醅面"相互照应。整首诗无一字写春,却处处表现了春天应该有的景色;无一字写色彩,却使人感觉到扑面而来的绿意。不得不说,诗人的写法真是高明。

邯郸①冬至夜思家

❖（唐）白居易

邯郸驿②里逢冬至，
抱膝③灯前影伴身。
想得家中夜深坐，
还应说着远行人④。

注释

①邯郸：地名，今河北省邯郸市。

②驿：驿站，古代传递公文、转运
官物或出差官员途中歇息的地方。

③抱膝：以手抱膝。

④远行人：离家在外的人，这里指诗人自己。

赏析

　　冬至是我国的二十四节气之一，也是我国的一个传统节日，曾有"冬至大如年"的说法。可见，古时的人们对冬至是多么重视。在诗人白居易所生活的唐朝，冬至这一天朝廷会放假，民间会相互赠送吃食，穿新衣，相互祝贺，真是热闹极了。

　　这首诗写的便是冬至这一天的情形。根据诗题中的"思"字就可以看出，诗人在冬至这一天并没有和家人在一起过，这是怎么回事呢？

　　别着急，我们慢慢往下看。先看前两句，这两句是写实，第一句叙写了诗人冬至节是在哪里过的，第二句就写出了诗人独自一人在驿站中过节的情景。"抱膝"二字，将枯坐这一状态表现得活灵活现。"灯前"二字，既烘染环境，又点出"夜"，托出"影"。一个"伴"字，把"身"与"影"联系起来，并赋予"影"以人的感情。别人都去热热闹闹地过节了，可是陪着诗人的只有一个不会说话的影子，这是多么孤独，多么寂寞啊。

　　大家想一想，如果接下来的诗句让我们来写，我们会怎么写呢？是不是要写自己是如何思念家人的呢？其实在很多作品中，作者会这样写。可白居易却反其道而行之。

　　后两句，诗人并没有直接写自己如何思家，而是想象着冬至夜深时分，家人一定会围坐在灯前，谈论着自己这个远行的人，这样写就使思乡之情扩大化，真实感人，也容易引起共鸣。比如，当我们离开家在外读书时，我们或许也会猜测，爸爸妈妈在家中是怎样思念自己的呢？

　　这首诗没有什么华丽的辞藻，只是用叙述的语气描绘出了一个远行人思念亲人的感觉。全诗没有一个"思"字，却处处含着"思"情。除此以外，诗人写自己思家，却从对方着笔，使诗变得更加精彩！

小 至①

❖（唐）杜 甫

天时人事日相催，冬至阳生春又来。
刺绣五纹②添弱线③，吹葭④六琯⑤动浮灰⑥。
岸容待腊⑦将舒柳，山意冲寒欲放梅。
云物不殊乡国异，教儿且覆⑧掌中杯。

注释

①小至：冬至前一日，一说指冬至日的第二天。

②五纹：指五色彩线。

③添弱线：古代女工刺绣，因冬至后，白天渐长，就可以多绣几根
丝线了。

④葭（jiā）：初生的芦苇。

⑤琯：古代乐器，用玉制成，六孔，像笛。

⑥动浮灰：古时为了预测时令变化，将芦苇茎中的薄膜制成灰，放
在律管内，每到节气到来，律管内的灰就相应飞出。

⑦腊：腊月。

⑧覆：倾，倒。

赏析

　　冬至节气到了，物候会发生什么变化呢？其实不仅仅是冬至，很多节气到来前后，物候都有明显的变化，只是我们平时没有留意观察罢了。那么冬至前后会发生哪些事情呢？让我们听听杜甫的介绍吧！

　　老天和人事日复一日地催促着，从冬至这天起，大地阳气回升，白天时间变长，春天又重新回到人间。吹管的六律不停地涌动浮灰，节气也在不停地变换，绣女们也可以在绣帕上多绣几条五彩线了。岸边的柳枝孕育着一丝绿意，山中的腊梅花儿也含苞待放。眼前的景色让"我"没有感觉到和"我"家乡的有什么不同。来，来，来，孩子，快给"我"把酒斟满！

　　首联运用了拟人的修辞手法，将老天拟人化，每天都催促着日子：快点儿走吧，快点儿走吧！看起来是不是很可爱？日子在老天不断的催促下，终于过了冬至，天气也渐渐暖和了，春天又回来啦！

　　颔联中写了刺绣女因为白昼变长可以多绣几根五彩丝线，吹管的六律已飞动了浮灰，这一细节描写，表现出了白日变长、阳气吹送的景象，可以看出诗句中涌动着一种喜悦和希望之情。

　　颈联生动地写出了冬天里岸边的柳条将要变绿，山中腊梅也要迎寒开放了，这一切都孕育着春天的景象，充满生机。

　　诗歌的尾句，写出了诗人由眼前景物唤起对故乡的回忆。虽身处他乡，但他乡的景物与故乡的没有什么不同之处，所以诗人叫儿子斟酒，这一举动反映出诗人难得的舒适心情，举杯痛饮体现出诗人乐观豁达的心境。正应了英国浪漫主义诗人雪莱的诗句——"冬天来了，春天还会远吗？"

冬至日独游吉祥寺①

❖（宋）苏　轼

井底微阳②回未回，
萧萧寒雨湿枯荄③。
何人更似苏夫子，
不是花时④肯独来。

注释

①吉祥寺：宋时名刹，即后来的广福寺，寺中牡丹最盛。此诗于熙宁五年作。

②微阳：古有"冬至水泉动"之说，是说从冬至日起气温逐渐转暖。阳，指暖气。

③荄（gāi）：草根。

④花时：花朵开放的时令。

赏析

　　苏轼是宋代知名的文学家，与父苏洵、弟苏辙合称"三苏"，并同为"唐宋八大家"之一。其诗题材广泛，清新豪健，善用夸张比喻的手法，独具风格，与黄庭坚并称"苏黄"；词开豪放一派，与辛弃疾并称"苏辛"。仕途上，因作诗讽刺王安石新法而下狱，贬黄州。谥号"文忠"。本诗为其被贬时所作。

　　根据《月令》中的说法，冬至节气依次有三种物候现象。一是蚯蚓结。传说到了冬至时，蚯蚓就会在土中蜷缩着身体，弯弯曲曲的，像打结了一般。二是麋角解。麋与鹿同科，古人认为麋的角是向后生的，可冬至一到，它们头上的角就会慢慢消缩。三是水泉动。由于天气渐渐暖和了，所以此时山中的泉水渐渐可以流动了。

　　本诗就是苏轼根据冬至节气的物候现象所写的借物抒情诗！

　　第一句就为我们展示出一幅"水泉动"的景象，首句中诗人用了"回祭回"写出了冬至前后的气候变化，阳气将要回升但是还没有回升。第二句描写了寒雨滴答滴答地下个不停，淋湿了枯黄的草木，也湿润了草根。读到这里就可以看出，前两句是写景，那么后两句是写什么的呢？别急，再慢慢往下看，后两句又说了，这座以牡丹闻名天下的古寺，这个时候并没有游人前来，只有诗人独自站在花丛中。有人可能会说了，这个时候的诗人想必内心一定是十分孤寂与悲怆的吧？天上的雨便是诗人的眼泪，可实际上却不是这样的。我们再看最后一句中的"独"字，这个独字表现出了诗人的童真童趣、傲岸旷达的性情，更表现出了他的不同凡响、卓然独立的形象特点。从中可以看出，后两句是抒情。

试想，现在天上下着雨，眼下又不是赏花时节，又有谁能有诗人这份独游寺院的雅致呢？不得不说，诗人的性情是多么的乐观豁达。在我们的学习与生活中，如果遇到了什么不开心的事，也一定要像诗人这样拥有一颗积极乐观的心啊！